U0554356

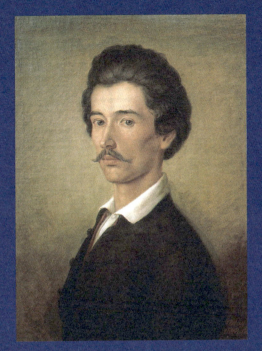

图书在版编目（CIP）数据

我愿意是急流：裴多菲诗选/（匈）裴多菲著；孙用译.
—2版.—北京：人民文学出版社，2017
ISBN 978-7-02-013321-5

Ⅰ.①我… Ⅱ.①裴… ②孙… Ⅲ.①诗集—匈牙利—近代
Ⅳ.①I515.24

中国版本图书馆CIP数据核字（2017）第213428号

责任编辑　欧阳韬
装帧设计　陶　雷
责任印制　任　祎

出版发行　人民文学出版社
社　　址　北京市朝内大街166号
邮政编码　100705
网　　址　http://www.rw-cn.com

印　　刷　三河市中晟雅豪印务有限公司
经　　销　全国新华书店等

字　　数　48千字
开　　本　787毫米×1092毫米　1/32
印　　张　5.75　插页2
印　　数　1—6000
版　　次　1959年4月北京第1版
　　　　　1979年6月北京第2版
印　　次　2019年7月第1次印刷

书　　号　978-7-02-013321-5
定　　价　35.00元

我愿意是急流

〔匈牙利〕

裴多菲 著

孙用 译

裴多菲诗选

Petöfi Sándor

人民文学出版社

目 次

前　言

　　裴多菲·山陀尔是匈牙利最伟大的诗人,一八二三年一月一日生于基什克勒什,父亲是一个屠户,母亲是农妇。他从小就过着贫苦的生活,当过兵,做过流浪的艺人。一八四九年七月三十一日,他在反抗奥地利统治的独立战争中,献出了自己的生命。

　　一八四八年三月十五日,裴多菲在首都佩斯的国家博物馆的高台上,向广场上的一万多名起义者朗诵了他的《民族之歌》:

　　　　起来,匈牙利人,祖国正在召唤!
　　　　时候到了,现在干,或者永远不干!
　　　　是做自由人呢,还是做奴隶?

　　广场上的群众追随着他热情激昂地高喊:

　　　　我们宣誓,
　　　　我们宣誓,我们
　　　　永不做奴隶!

　　裴多菲当时一遍又一遍地朗诵这首诗,鼓舞和动员了匈牙利人民为自由而斗争,胜利地揭开了一八四八年匈牙利革命的序幕。匈牙利人民在民族英雄科苏特等人的领导下,同奥地利殖民统治者展开了针锋相对的斗争。同年十月,裴多菲亲自参加了这场战争。他同时用笔和剑与敌人搏斗。这时期他写了许多鼓舞斗志和士气的诗歌和进行曲。

一八四九年四月,匈牙利在斗争中正式宣布独立。当时反动势力惊惶万状,沙皇尼古拉一世派兵支援奥地利。面临着优势的奥俄联军的进攻,匈牙利爱国者坚决进行抵抗。裴多菲在与沙俄部队激战中壮烈牺牲,年仅二十六岁。这场被恩格斯誉为"具有英雄豪迈的特点"的独立战争,虽被残酷镇压下去,但对匈牙利人民后来的民族解放斗争,却是一个巨大的鼓舞。

裴多菲年轻时就勤奋学习,酷爱写作。他从十六岁起就开始了动荡不定的生涯,走遍祖国各地,目睹了人民的疾苦。他流浪的一生使他深切了解匈牙利人民,尤其是农民,这对他的创作起了很大影响。从他的诗歌中,无论在内容上,在形式上,都可以看出,他与人民是多么靠近,难怪他的许多诗已经成为民歌了。

首先把裴多菲的事迹及其作品介绍到中国来的,是鲁迅先生。早在一九〇七年,鲁迅就在《摩罗诗力说》中详细地介绍了裴多菲的生平和思想。翌年,他又翻译了《匈牙利文学史》中论裴多菲的一章。一九二五年,鲁迅翻译了裴多菲的五首短诗;一九二九年十一月,鲁迅收到裴多菲的长诗《勇敢的约翰》译稿后,对全文认真校订,垫钱印制插图,在当时的困难条件下,为了使它出版,奔走达一年半之久。鲁迅在逝世前一年所写的文章中,还一再引用裴多菲的诗,来论证艺术与生活的关系、爱和憎的道理。

本书所选的六十六首诗,都是一八四三至一八四九年间所作;除了歌颂革命的以外,也选了一些回忆儿时,讴歌爱情、赞赏自然的诗篇。这些诗都是译者从原文译出的,曾得到当时两位匈牙利留学生高恩德,梅维佳的协助。

孙 用

一九七八年十一月

寄 自 远 方

多瑙河边有一间小屋；
啊,它多么使人留恋！
当我回想着它的时候,
眼泪就横糊了我的两眼。

我原来想在那里安住！
迷人的愿望却赶着前行；
我的愿望长出了翅膀,
留不住我了,这温暖的家庭。

我告别的接吻声响着,
母亲的心忍受着苦痛；
滚滚的泪水也熄灭不了
这心头的爱火的熊熊。

她的颤动的手臂抱着我,
哀求她的儿子留在家乡。

假如我能够预先知道一切，
这时我就不会在这远方。
在美丽的希望的星光下，
未来正如仙女的花园；
可是，一踏进了嘈杂的人生，
我们才知道这是错误的意见。

我曾经见过光明的未来，
我心头的苦痛，我不愿说！
我尽在广漠的世间流浪，
我尽在荆棘的路上奔波。

……现在，有熟人回故乡去了；
带什么消息给我的母亲？
朋友，当你们经过她的小屋，
请你们进去，问候一声。

告诉她，千万无须挂念，
上帝保佑我：幸福，欢欣——
啊，假如她知道了我的苦楚，
一定要愁死这好心的女人！

1843 年 5 月

谷子成熟了……

谷子成熟了，
天天都很热，
到了明天早晨，
我就去收割。
我的爱也成熟了，
很热的是我的心；
但愿你，亲爱的，
就是收割的人！

1843 年 7 月—8 月之间

爱国者之歌

我是你的,我的祖国!都是你的,
我的这心,这灵魂;
假如我不爱你,我的祖国,
我能爱哪一个人?

我的胸膛恰似一座教堂,
你的形象是神坛,
只要你存在:这教堂为了你毁坏,
我也十分情愿;

这毁坏了的胸膛,它的最后的
祷告依然是:
"我的上帝,给祖国祝福吧,
祝福它,我的上帝!"

但是,我不告诉任何人,
也不大叫大嚷:

"只有你才是我的最亲爱的，
在全世界上。"

我暗暗地跟着你的脚步，
永远也不变心；
不像影子一样，它只在阳光下
跟着过路人。

但是，黄昏越来越近了，
影子也越来越长：
我的祖国，你头上的天空越黑暗，
我的心也越凄凉。

我到那里去了，那里忠心的人们
举起了酒杯，
请求着命运：给你的神圣的生命
加上新的光辉；

纵使我的眼泪把瓶里的美酒
变成了苦汁，
我还是把这一瓶酒都喝了，
喝完最后的一滴！

1844 年 1 月—2 月之间

贵　族

这无赖吊在鞭刑柱上了,
要处罚他的罪恶;
他偷,他抢,他还干别的,
鬼知道是什么。

可是,他却反抗着喊道:
"你们不要碰我!
我是贵族……你们没有权利
来鞭打一个贵族。"

他的受辱的祖先的鬼魂啊!
你可听见他的话?
现在,他不吊在鞭刑柱上了,
已经吊上了绞架!

1844 年 1 月—2 月之间

徒然的计划

在回家去的途中，
我尽是沉思默想：
我将怎么对母亲说，
当我们会见的时光？

到了家里的时候，
我的话有多么美丽？
母亲就向我伸出了
抚慰过我的胳臂。

我的头脑里闪过了
美丽的思想万千，
时间缓慢地爬着，
车子却迅速地向前。

我到了家,她向我飞来……
又向我伸出了两手……

我们一声不响吻着，
像果实挂在枝头。

1844 年 4 月

我的爱情并不是……

我的爱情并不是一只夜莺，
在黎明的招呼中苏醒，
在因太阳的吻而繁华的地上，
它唱出了美妙的歌声。

我的爱情并不是可爱的园地，
有白鹄在安静的湖上浮游，
向着那映在水中的月光，
它的雪白的颈子尽在点头。

我的爱情并不是安乐的家，
像是一个花园，弥漫着和平，
里面是幸福，母亲似地住着，
生下了仙女：美丽的欢欣。

我的爱情却是荒凉的森林；
其中是嫉妒，像强盗一样，

它的手里拿着剑：是绝望，

每一刺又都是残酷的死亡。

1844 年 11 月

我的爱情是咆哮的海……

我的爱情是咆哮的海，
它的巨大的波浪
这时已经不再打击着大地和天空；
它只静静地睡眠，
正如小小的孩子，
在久久的啼哭后，安息于摇篮之中。

在明镜似的水波之上，
我划着那温柔的
幻想的船，向着开花的山谷前行；
从未来那船坞里，
嘹亮的歌迎着我……
你歌唱着，希望，你这可爱的夜莺！

1844 年 11 月

给在外国的匈牙利人 *

你们,祖国的身上的脓疮,
我应该对你们说些什么?
我要烧掉你们,我要烧掉
你们的坏血,如果我是火!

我不是火,没有毁灭性的烈焰;
但是我有的是尖锐的声音,
我要对你们发出诅咒,
用最恶毒的话诅咒你们。

这祖国有没有什么宝库,
有没有容不下的财富?
这祖国,这可怜的祖国,
它病得那么重,又那么穷苦。

---

* 这首诗是反对那时候在国外,特别在奥地利,挥霍人民的血汗钱的
贵族们的。

你们这些强盗，却拿去了
祖国用血汗换来的药钱，
你们把它拿到了外国，
献上了外国偶像的祭坛。

对这祖国，你们毫不怜悯，
它正陷在泥泞中讨着饭；
当它流着血，流着眼泪，
你们却在外国把酒杯斟满。

等到你们拿起了讨饭棒，
那时候你们才向祖国回来；
你们再向它求乞，它实在是
为了你们，才沦落为乞丐。

离开这可怜的祖国，
你们去了，远远地前行；
坟墓要掷出你们的骨头，
天堂也要抛下你们的魂灵！

1844 年 11 月

反 对 国 王

当人民还在幼年的时代，
就像爱好玩具的孩子，
他们做成了王冠和宝座——
多么辉煌灿烂的玩具。
他们给木偶带上王冠，
又让它坐在宝座的上面。

这就是王国，这就是国王，
他高高地坐着，冲昏了头脑，
他想，"这一定是上帝的意旨，"
好国王啊，你完全错了。
你原是木偶，我们的玩具，
哪里是统治我们的主子？

人民成长了，幼年时代的
玩具，他们已不再想到。
从宝座上滚下来吧，国王啊，

也把你头上的王冠除掉！
如果你不——那么我们就动手，
把你摔下，一起连同着你的头。

绝没有别的下场。一把斧子
在巴黎的广场上将路易砍杀①，
这是暴风雨的第一道闪电，
它马上就要为了你爆发；
这个时辰马上就要降临，
我并不是它的第一次雷声。

那时，全世界变成一座森林，
国王们就是小鹿，四散飞奔，
我们拿着武器紧紧追去，
很愉快地向他们瞄准，
我们要用他们的血写在天上：
人民不是孩子了，已经成长！

1844 年 12 月

---

① 指法国大革命中法王路易十六于一七九三年被处死在断头台上。

我父亲的和我的职业

你老是吩咐我，亲爱的父亲；
要我追随你，要我继承
你的职业，做一个屠户……
可是你的儿子却做了文人。

你用你的家伙击牛，
我用我的笔和人们斗争——
我们做的是同样的事，
不同的只是那名称。

1845 年 1 月

匈 牙 利

你简直做不了一个厨师，
匈牙利,我亲爱的祖国！
你让一边的肉烧焦了，
还有一边却半生不熟。
有些你的幸福的公民
噎死了,因为吃得太丰富：
而你的很多穷苦的孩子
却饥饿着,走进了坟墓。

1845 年 4 月

可爱的老酒店主人

这美丽的平原离山太远了，
假如要看山，就得走很多的路，
我很满意地在这里生活着，
日子是过得又高兴，又幸福。
我住在这乡下的冷清的酒店里，
只有几个晚上才有点儿嘈杂。
酒店主人是一个可爱的老头子……
上帝要用两只手来祝福他！

我住着、吃着、喝着，不用花钱，
哪儿的招待都比不上这儿的好。
我用不着等谁，吃我的午饭，
别人却要等着我，当我来晚了。
可惜的是：那一位老酒店主人
有时候要跟他的老婆吵架；
可是吵过了架，马上又和解了……
上帝要用两只手来祝福他！

我们有时谈起过去的日子，
他多么幸福啊，在从前的时候！
屋子、花园、田地、金钱，他什么都有，
他也几乎记不清有多少马和牛。
骗去他的金钱的是奸诈的骗子，
卷去他的屋子的是多瑙河的浪花；
可爱的老酒店主人就此穷了……
上帝要用两只手来祝福他！

他的生命的太阳已近黄昏，
到了这个时候，人只希望安静，
但是，可怜的他却遭到了厄运，
恰在这时候给了他痛苦和不幸。
他整天工作，也没有安息日，
睡得很迟，起得很早，也没有闲暇；
我真可怜这可爱的老酒店主人……
上帝要用两只手来祝福他！

我安慰他，说他的运气还会变好，
他却摇着头，一点也不相信我。
"对呀，"他说，"我的运气会变好，
等到我的脚跨进了我的坟墓。"

我十分难受地将他拥抱着，
在他的脸上——我的眼泪流下，
这可爱的老酒店主人正是我的父亲……
上帝要用两只手来祝福他！

1845 年 8 月 20 日—9 月 8 日之间

牛　车

这故事并不发生在佩斯①。
那里不会有这样的浪漫故事。
可敬的、高贵的伙伴们，
他们走了,坐上了车子。
坐上车子走了,这是牛车。
是四头牛拉着的车子。
四头牛的车子沿着大路,
慢慢地、一步一步地走去。

明朗的夜晚,月光照着;
惨白的月儿在细碎的云中来去,
好像是在墓地上寻找着
丈夫的坟墓的年青妻子。
那微风商人经过邻近的草地,

① 佩斯,匈牙利首都。一八七二年以前,布达佩斯原为两个独立的部
　分,即布达和佩斯。

从小草那里贩来甜甜的香味。
四头牛的车子沿着大路,
慢慢地、一步一步地走去。

那些伙伴们中间也有我,
我和爱尔齐卡①坐在一起,
伙伴们中间别的人们
聊着天,唱着歌,随心所欲。
我幻想着,对爱尔齐卡说道:
"不拣一颗星吗,为我们自己?"
四头牛的车子沿着大路,
慢慢地、一步一步地走去。

我幻想着,对爱尔齐卡说道:
"不拣一颗星吗,为我们自己?
那颗星会领导着我们
到达过去的幸福的回忆,
假如命运使我们分离。"
我们拣了一颗星,为我们自己。
四头牛的车子沿着大路,
慢慢地,一步一步地走去。

1845 年 9 月 26 日—10 月 7 日之间

———————

① 爱尔齐卡,匈牙利的女子名。

匈牙利的贵人

祖传的宝剑挂在墙头，
血污已经成了铁锈，
不再像是灿烂的明星。
因为我是一位贵人！

无须工作，欢乐地度日，
这就使我的心十分满意。
劳动只是农夫的本分。
因为我是一位贵人！

你，农夫，把路好好修筑，
是你的马拉着我走路。
我却再也不能步行。
因为我是一位贵人！

我不要学者的头衔，
他们都是一些穷光蛋。

我决不胡乱写字,作文。
因为我是一位贵人!

讲到学问,至少有一桩
胜过别人,我最擅长:
就是关于吃、喝的本领。
因为我是一位贵人!

我也不必纳税完粮,
我在我的田地上徜徉,
可是债却欠了一身。
因为我是一位贵人!

假如祖国遭到了灾难,
我若无其事,一概不管。
黑暗之后一定有光明。
因为我是一位贵人!

老屋中弥漫着烟气,
我吐出了最后的呼吸,
天使马上带我到天庭。
因为我是一位贵人!

1845 年 9 月 26 日—10 月 7 日之间

《匈牙利的贵人》(木刻)　扬珂(Janko Janos)作

我 的 歌

意外的思想常常梦幻地
穿过我的灵魂,蜿蜒地飞来,
我幻想着经过了高山、大谷,
经过了祖国和整个的世界。
我的歌啊,它在这时辰,
像是月光,那幻想的心。

不要再生活于幻想的世界,
需要的是为未来的生活,
关心,烦恼……嘿,为了什么?
仁爱的上帝一定会关心我。
我的歌啊,它在这时辰,
像是蝴蝶,那轻松的心。

假如遇到了微笑的姑娘,
我就把一切的忧愁放进荒坟,
我沉没在澄澈的眼波中了,

像星星映在明镜一样的湖心。
我的歌啊，它在这时辰，
像是玫瑰，那恋爱的心。

她爱我了？我快乐地喝着，
假如不爱？我也悲哀地喝了。
这里是杯子，杯子里是美酒，
我的心头就充满了欢笑。
我的歌啊，它在这时辰，
像是彩虹，那沉醉的心。

但是，我的手举起杯子的时候，
大众的手却锁着铁链，
正当杯子叮当地唱和着，
铁链却咬牙切齿地诉怨。
我的歌啊，它在这时辰，
像是黑云，那忧郁的心。

但是，奴隶之群为什么忍受着？
为什么不反抗，不扭断那铁链？
只是等着，等着，上帝的恩惠
难道能够把手上的铁链锈断？
我的歌啊，它在这时辰，

像是雷电,那愤怒的心!

1846 年 4 月 24 日—30 日之间

人　民

一只手扶着犁头，
一只手把刀举起，
这是我们的穷苦人民，
他流了很多的血和汗，
一直到死。

为什么他要这样流汗？
他所需要的
只有吃和穿；
但土地就能够
给他生产这一切。

假如敌人来了，他为什么要流血？
为什么要把他的刀举起？
为了保卫祖国吗？……是啊！……
哪里有权利，哪里才有祖国，

可是,人民的权利在哪里?

1846 年 6 月—8 月之间

夜莺和云雀

啊,你们这些月亮的崇拜者啊!

你们歌唱

那腐烂的巨浪

卷走了的旧时代,

要歌唱到什么时候才停歇?

你们建立在废墟上的老巢,

要到什么时候才毁掉?

你们在那里同荼隼和枭鸟

比赛着谁的歌喉美好!

这样的歌是多么凄怆啊!——

他们依然歌唱着不息①,

而且在他们的眼睛里,

不是热情的火焰在燃烧,

就是苦恼的眼泪滚滚地流着。

---

① 自这行起以下六行,所谓"他们",依然指"你们","月亮的崇拜者",
就是"夜莺";本篇用以指歌颂过去和黑暗的诗人。

虚伪的热情,怯懦的眼泪!
这些,谁也不向他们感谢。——
歌颂着过去的你们,
你们可知道自己是什么人?
盗墓者啊!
盗墓者啊!
从它的墓中你们掘出来
那僵死的时代,
又出卖了它,去换取
你们的月桂冠。
我不羡慕你们的花圈,
它发霉了,有着腐烂的尸体的气味!

人类在受罪,遭难,
地球是一所庞大的病院,
热病在不断地践踏,
有整整的一个国家
已经成了它的牺牲,
还有别的国家也昏昏沉沉;
谁敢肯定地说明;
这些民族将在什么地方苏醒,
在这一世间呢,还是那一世间?
梦又是很短促呢,还是永远?——

但是在这样的灾难中，
上天并没有忘记他的儿子，
在苦难中的我们，他很怜惜，
给我们派来了一个医生，
他已经在路上，不久一定到达，
我们的刽子手还来不及发觉他。——
我的七弦琴弹奏出的
一切歌和声音都属于你，
你鼓舞着我，
我为了你才下泪，哀哭，
我向你欢迎，
你，为病魔缠扰的人类的医生，
你呀，你就是未来！
……

而你们这些来得太晚了的歌者，
闭口吧！
闭口吧，
即使你们的歌声
像是夜莺，
能使人心碎，又能疗治心疼。
夜莺是只黄昏鸟，
可是黑夜已经走到头了，

眼看就来了黎明；
现在，世界的需要
正是云雀，
而不是夜莺。

1846 年 9 月初

云正低低地压下……

云正低低地压下，
秋天的雨在树上飘洒，
树叶也落下来了，
夜莺却还在歌唱着。

时候是已经不早。
我的爱，你可曾睡着？
你可曾听见夜莺，
夜莺的痛苦的歌声？

急雨不断地下降，
夜莺却还在歌唱。
谁听到它的痛苦的歌声，
谁也就会对它同情。

姑娘啊，如果你还醒着，
这小鸟的歌声，你且听着；

这小鸟正是我的爱情，
是我的叹息着的灵魂！

1846 年 10 月 1 日—7 日之间

你爱的是春天……

你爱的是春天，
我爱的是秋季。
秋季正和我相似，
春天却像是你。

你的红红的脸：
是春天的玫瑰，
我的疲倦的眼光：
秋天太阳的光辉。

假如我向前一步，
再跨一步向前，
那时，我就站到了
冬日的寒冷的门边。

可是，我假如退后一步，
你又跳一步向前，

哪,我们就一同住在
美丽的、热烈的夏天。

1846 年 10 月 7 日—10 日之间

我渴望着流血的日子……

我渴望着流血的日子，
它会将旧的世界毁灭，
在那过去的废墟上，
建设起崭新的世界。

快要响了，快要响了，
战争的光荣的军号！
我渴望着，不久听到
那作战的高声大叫。

那时，我高兴得跳起了，
跳上了战马的马鞍！
就一起向战场跑去，
欢快地，到了战士们中间！

假如我的胸膛流血了，
有人会来到我的身旁，

用了芬芳的吻的香膏，
她治愈了我的创伤。

假如我失掉了自由，
有人会来到监狱里面，
她用了星星似的眼珠
给我驱逐了黑暗。

假如我死了，假如我死了，
无论在刑场，无论在战地，
她就用了她的眼泪，
洗掉我的尸体上的血迹！

1846 年 11 月 6 日

这在我是可怕的思想……

这在我是可怕的思想：
假如一定得死在床上！
像一朵花，慢慢地凋谢，
有小虫在它心头咬啮；
像一枝烛，久久地燃烧，
在教堂之内，寂寞无聊。
那样的命运，我不愿意，
不要让我那样死，上帝！
我情愿是大树，任闪电
和狂风将它击穿，吹断；
我情愿是峥嵘的岩石，
轰轰地倒下在山谷里……
假如所有的奴隶的民族
起来反抗了，向战场前去，
红红的脸，红红的旗，
旗上是这些神圣的字：
"全世界的自由！"

它要在全地球

咆哮着,作一百次的血战,

这决战是给暴君的审判:

那时候,让我死亡,

在这样的战场上,

我的心血就在那里流尽,

胸前也响着最后的欢声,

热烈的骚动,钢铁的玎玲,

喇叭的吹叫,大炮的轰鸣,

有战马一群群,

在战场上飞奔,

报道这光荣的胜利,

我却在马蹄下安息。——

那里是我的尸体,收拾在一起,

到了举行伟大的葬仪的日子,

在那时候,唱着挽歌,又盖着战旗,

神圣的全世界的自由啊! 为了你

牺牲生命的那些英雄,

都送到共同的坟墓中。

1846 年 12 月

自由，爱情

自由，爱情！
我要的就是这两样。
为了爱情，
我牺牲我的生命，
为了自由，
我又将爱情牺牲。

1847 年 1 月 1 日

啊,人应当像人……

啊,人应当像人,
不要成为傀儡,
尽受反复无常的
命运的支配。
命运是只胆小的狗;
勇敢的人一反抗它,
它就马上逃跑……
所以你不必怕!

啊,人应当像人,
不在于用你的嘴,
比任何狄摩西尼①,
事实是说得更美。
建设或是破坏,
而后需要的是沉默,

---

① 狄摩西尼(约前384—前322),伟大的希腊演说家。

暴风雨做完了工，
也就在那里隐匿。

啊，人应当像人，
实行自己的信仰，
勇敢地、正当地声明，
连流血也无妨。
坚持你的主义，
主义重于生命；
宁愿生命消失，
只要声誉能够留存。

啊，人应当像人，
不要一味依赖，
不要为世界的财富，
把你的独立出卖。
为一口饭出卖自己，
谁都可以轻视，
这是可贵的格言：
"穷苦而独立！"

啊，人应当像人，
力量和勇敢

使你能够对人们，
对命运作战。
你要像一棵槲树，
大风将树根吹折，
然而巨大的树干
却永远挺直。

1847 年 1 月

宫殿和草棚

宫殿啊，你为什么骄傲？
是不是倚仗主人的势焰？……
他的身上所以有宝石，
是要将他赤裸的心遮掩。
他的仆人给他挂上的璎珞，
你且把它一齐扯下，
你就看不出他是上帝的创造，
剩下来的是多么贫乏。

你主人哪儿弄来这些宝石，
使他从一无所有变成了富豪？
那就是老鹰抓到小鸟的地方，
它养肥了自己，撕碎了小鸟。
老鹰愉快地大吃大喝，
但邻近的树丛中的鸟窠里，
雏鸟们却在等待着它们的
再也回不来的母亲，哭哭啼啼。

你得意的宫殿,夸口吧,
夸口你偷来的宝石的光彩,
发光吧,可是你不会久久闪耀,
你的末日就要到来。
我还希望很快地看到,
看到你的毁坏了的废墟,
废墟下你的不中用的
居民的破碎的骸骨!——

高大的宫殿近旁的草棚啊,
你为什么这样地朴素?
你为什么躲在树叶后面,
是不是为了掩藏自己的穷苦?
让我进来,又小又黑的屋子;
漂亮的衣服,我不需要,
我要美丽的心……在黑暗的
屋子里,光明的心,可以找到。

我所经过的台阶是神圣的,
神圣的是草棚的台阶!
许多伟人就从这里出生,
上帝也送救世主到这里来。

愿意为世界而牺牲自己的，
都是从草棚出来的人物，
然而人民到处遭受的
依然还是轻视和穷苦。

不要怕，穷苦的好人们！
你们有的是幸福的时候；
如果过去和现在不属于你们，
无尽期的未来却为你们所有。——
我跪下了，在狭窄的
小屋的屋顶之下诉说：
你们的祝福，你们给了我；
我也给你们，我的祝福！

1847 年 1 月

狗 之 歌

在沉重的黑云之下，
狂风咆哮不息；
冬天的双生子，
雪和雨不停地打击。

这却与我们无干。
我们伟大的好主人，
在厨房的角落里，
宠爱地留下我们。

我们无须怕饿肚子。
就在他饱餐之后，
一切都是我们的——
那盘子上的残留。

真的，也很有几次，
劈啪地响着皮鞭，

痛苦的劈啪,可是,
狗皮却容易复原。

等到愤怒过去了,
主人又喊着我们,
带着快乐的心情,
我们又舔他的脚跟!

1847 年 1 月

狼 之 歌

在沉重的黑云之下，
狂风咆哮不息；
冬天的双生子，
雪和雨不停地打击。

我们毫无防御，
在赤裸的沙漠之中；
我们毫无隐蔽，
也没有树枝的帐篷。

我们身内有饥饿，
我们身外有寒冷，
我们的这两位暴君
凶狠地赶着我们；

那里——还有第三位：
就是枪的射击。

我们的血流下了，
鲜血染红了雪地。

我们又冷又饿，
呜呜地喊着不幸，
枪弹打中了……可是，
我们有自由的生命！

1847 年 1 月

致十九世纪的诗人

谁也不能再轻飘飘地
弹奏着他的和谐的歌!
谁要是拿起了琴来,
谁就担任了极重大的工作。
假如心头只能歌唱着
自己的悲哀和自己的欢笑:
那么,世界并不需要你,
不如把你的琴一起摔掉。

我们在沙漠上流浪着,
像摩西领导着以色列人,
上帝送来了发光的火柱,
他们在火柱的光中前进。
现在,上帝又送来了诗人,
也像发光的火柱一般,
让他们领导着大众走去,

离开了沙漠,向着迦南①。

那么,谁是诗人,谁就得前进,
千辛万苦地和人民一起!
谁就要被咒诅,要是
他竟丢开了人民的旗帜,
谁就要被咒诅,要是
他害怕或者偷懒,落在后面,
他只想在树荫下休息,
人民却正在斗争,出力,流汗!

那些正是假冒的先知,
他们恶意地、虚伪地欺骗,
说道:"停下! 我们已经
一起到达了这地上的乐园!"
撒谎,毫无理由的撒谎!
看哪,有几千万人的抗争,
流着汗,努力地挣扎着,
在绝望和迫害之下求生。

---

① 摩西带领以色列人逃出埃及,往迦南去,上帝用火柱光照他们,见
《旧约·出埃及记》第十三章。

《致十九世纪的诗人》手稿

假如从那丰满的篮子中，
大家都能一样地采取；
假如在权利的桌边的座位，
大家都能一样地占据；
假如精神的光也一样地
把所有的房子的窗户照遍：
那时我们就可以说："停下！
看哪,这儿正是迦南！"

可是,终于不能停下,
需要的是奋斗和热情。——
生命也许终不能报偿
我们所努力干了的工程,
但是,死亡让我闭了眼,
有甜蜜的欢乐和温柔的吻,
躺在丝垫上,献着花圈,
在坟墓中安葬了我们。

1847 年 1 月

我是匈牙利人

我是匈牙利人。我的祖国
是五大洲中最美丽的地方。
它别有天地。在它富裕的土地上，
有数不清的无尽的宝藏。
那里有山峰，那高高的山峰
望得见加斯比湖①的波澜，
它那里有平原，广漠的平原
伸展着，像在寻找地球的边缘。

我是匈牙利人。我的性格严肃，
恰似我们的小提琴的低音；
微笑常常飞到我的唇边，
可是很少听到我的笑声。
当我非常兴奋了的时候，
我会在最愉快的情绪中哭泣；

---

① 加斯比湖，就是里海；它原是欧亚二洲之间的咸水湖。

但当我苦闷着,我就露出了笑容,
因为我不需要别人的怜惜。

我是匈牙利人。在过去的大海上,
我骄傲地看到了,我看着
那高高地耸立天空的礁石,
你的伟绩,我英勇的祖国!
在欧洲的舞台上,我们表演过
也并不算很坏的角色;
世界很害怕我们的出鞘的宝剑,
正像孩子们害怕黑夜的电击。

我是匈牙利人。匈牙利人现在是什么?
他是死去的光荣的黯淡的幽灵:
他刚刚出现,可是钟声一响,
他又回到了洞穴,不见踪影。
我们多么沉静!连我们的近邻
也一点听不到我们的声息。
甚至于我们的同胞的兄弟
也给我们准备了耻辱的丧衣。

我是匈牙利人。我的脸羞红了,
我应该惭愧,因为我是匈牙利人!

别的地方已经阳光普照，
我们这里黎明却还没有降临。
然而，纵使世界给我珍宝和荣誉，
我也不愿离开我的祖国，
因为纵使我的祖国在耻辱之中，
我还是喜欢、热爱、祝福我的祖国！

1847 年 2 月

蒂 萨 河*

夏天的薄暮,夕阳西下,
我逗留在弯曲的蒂萨河旁,
那里,小杜尔河①正向它扑去,
像是孩子扑向妈妈的胸膛。

河水是那么平静,安闲,
在没有堤岸的河道中蜿蜒,
它不愿让太阳的光线
倾跌在它的波纹之间。

在平静的水面,红色的光辉
正在跳舞(像许多仙人),
听得见她们的铿锵的脚步,
恰似小巧的马刺的声音。

---

* 蒂萨河是匈牙利的大河,多瑙河的主要支流,十九世纪中叶以前时
有水患。

① 杜尔河是蒂萨河的支流。

我站在一片黄沙的地毯上，
它还向着大草原伸去，
那里有一行行收割的草堆，
像是书本中一行行的字句。

通过草原，肃静地矗立着
高大的森林，林中已经昏暗，
夕阳掷下炭火在它的头顶，
它的血液又在燃烧，又在循环。

在那一边，在蒂萨河对岸，
丛生着榛树和金雀花，
稠密的树枝间有一个空隙，
望见远远的村中教堂的尖塔。

玫瑰红的云朵在天上浮游：
像是幸福日子的美的回忆，
从遥远的那方，透过迷茫的雾，
马尔洛斯高峰①正向我凝视。

---

① 马尔洛斯高峰是喀尔巴阡山脉的一高峰，在匈牙利的东北。

没有声音,在庄严的静默中,
偶尔听到了小鸟的啭鸣。
远远的磨坊的轰隆的转动
却只像是蚊子的嗡嗡。

在那边,就在我的对面,
来了个提着水瓶的年轻农女。
一直到水瓶里灌满了水,
她尽注视着我,然后她走去。

我站在那里,一声不响,一动不动,
好像我的脚已经在地上生根。
这大自然的永恒的美丽
甜蜜地、陶醉地迷住了我的灵魂。

大自然啊,光荣的大自然啊!
有什么语言敢和你相比?
你是多么伟大! 你愈沉默,
你就说得愈多,愈美丽。——

我回到田庄,夜已经深了,
把新鲜的水果当作晚餐。
我和我的伙伴们久久地谈着,

旁边燃烧着树枝的火焰。

在谈话中，我对他们说道：
"可怜的蒂萨河，究竟为的什么，
你们骂它，说了它许多坏话？
它实在是世界上最平静的河。"

几天之后，在我半睡不睡中，
警钟的声音唤我醒来。
只听到"大水来了，大水来了！"
我向外面一望，就望见了大海。

蒂萨河奔腾着穿过草原，
像是狂人挣脱了镣铐，
它呜呜地，轰轰地冲破了堤岸，
它要把整个的世界吞掉。

1847 年 2 月

风

今天,我是温和的风,轻柔地低语着,
不断地穿行于青翠的田野之间,
花蕊的嘴唇爱恋地接受了我的吻,
在这甜蜜的、热烈的吻上流连。
"开花吧,哦,春天的美丽的女儿,
开吧,开吧!"——我的温柔的、沙沙的声响。
她们就赤裸着,带着可爱的娇羞,
我也幸福地晕倒在她们的胸上。

明天,我是尖锐的噪音,凶猛地吹着,
我吓倒了树枝,它在我面前打颤,
它知道在我的手中有一把刀子,
这锋利的刀口一定要将它斩断。
"嘿,愚蠢的、轻信的姑娘,凋谢吧!"
我在苍白的花朵的耳边嘶叫。
她们就凋谢了,落在秋天的胸前,
我向她们残酷地、冷冷地嘲笑。

今天，比平静的河水的流行更缓，
我安静地、和平地在空中飘游，
假如有从田野回家的倦了的蜜蜂，
那么，只有它才知道我的存留；
假如那蜜蜂正在努力飞行，
载着重负，为了蜜的储藏，
于是我就将那虫儿放在我的掌中，
再使它更轻快一点地飞翔。

明天，是呼呼地怒吼着的狂风，
我咆哮着跨过大海，骑着野马，
像老师对于顽皮的孩子一样，
我摇着那大海的青色的鬈发。
假如我见到一只船，我就狂怒地
撕碎了它的闪耀的帆，它的翅膀，
我用桅杆在波浪上写着它的运命：
它再也不能安息地藏身于海港！

                              1847 年 2 月

以人民的名义

人民还在要求什么,快给他们!
你们难道不知道人民是多么可惊?
假如起来了,他们就不再要求,而要夺取!
你们难道不曾听到过多饶·乔治①这姓名?
你们在灼热的铁的御座上烧死了他,
然而永远不能烧死他的精神,
因为它本身就是火——留意:
这火焰还要来消灭你们!

以前,人们的要求光是吃饭,
因为那时候只像牛马似的;
但是终于从牛马变成了人,
人却一定要有人的权利。
把权利——人的权利给人民!

---

① 多饶·乔治是一五一四年匈牙利伟大的农民起义的领袖,革命失败后,他被捕了,就在灼热的铁制的御座上活活烧死。他在受刑时表现了英勇的精神。他的名字也就成为革命的象征。

69

没有权利的上帝的儿子，

恰如被打上最可恶的烙印，

而打这烙印的人也逃不了上帝定罪。

为什么只有你们有权利？

为什么你们有这样的特权？

你们的祖先夺取了这土地，

但这土地上却流着人民的汗。

单说"矿在这里"：有什么用！

必须用手来将它挖掘，

终于露出了黄金的矿脉……

然而这手呀，却一无所得！

你们只骄傲地高声喊着：

"祖国和权利都属于我们！"

我问你们，你们怎么办，

假如来了向我们进攻的敌人？……

这问题多么愚蠢！我很抱歉，

我几乎忘了你们在佐尔①的勇敢的表现。

———————

① 佐尔是匈牙利的城市。一八〇九年匈牙利贵族的军队帮助奥地利
与拿破仑作战。这一次战争不是为了保卫祖国，而是为了封建土豪
的利益。结果是这些贵族在佐尔大败逃跑了。本篇正是对于贵族
的最后警告。

多饶·乔治

多饶·乔治

你们要在什么时候造纪念碑，
替那些英勇的逃跑的腿来一个纪念？
给人民权利，"人类"这伟大、神圣的名字，
向你们要求，给人民权利，
"祖国"也这样要求，因为祖国
假如没有新的栋梁，也就要崩溃。
宪法的玫瑰花属于你们所有，
它的刺，你们却给人民；
现在，且给我们几片玫瑰花的花瓣，
且拿回一半的刺去，留给你们！

人民还在要求什么，快给他们！
你们难道不知道人民是多么可惊？
假如起来了，他们就不再要求，而是夺取！
你们难道不曾听到过多饶·乔治这姓名？
你们在灼热的铁的御座上烧死了他，
然而再也烧不死的是他的精神，
因为它本身就是火——留意：
这火焰还要来消灭你们！

1847 年 2 月

斗争是……

斗争是我一生中
最好的思想，
心为了自由
而流血的斗争！

全世界只有唯一神圣的东西，
只有它，值得用我们的武器
去挖掘我们的坟墓，
为了它，我们应该流血；

这神圣的东西就是自由！
一切为了别的目的
而牺牲了的人们，
都只是疯子。

全世界的和平，和平，
但不要暴君随意赏给我们，

唯有自由的神圣的手
才能给我们和平。

当全世界获得了
这广大的和平，
我们就掷下我们的武器
到大海的底层。

假如不是这样，
我们就斗争到死！
而且，假如需要，
就直到世界的末日！

1847 年 3 月

褴褛的勇士

我也能够给我的诗歌
装饰着美丽的节奏和音韵，
那么,它就可以堂皇地
跨进了贵人们的客厅。

但是我的思想并不像那些
游手好闲地生活着的青年,
他们烫着头发,戴着手套,
这里那里地访问着,浪费时间。

刀剑不再铿锵,大炮不再轰击,
它们已经躺在发锈的梦中;
斗争却进行着……不是刀剑、大炮,
现在是思想正做着斗争。

我也挺立在这斗争中,
在你的兵士们之间,我的连队!

我用我的诗作战……每一首诗
就是一个能征惯战的战士。

褴褛的战士,可是很勇敢,
大胆地战斗,猛烈地攻击,
战士的装饰不是他的衣裳,
战士的装饰是他的勇气。

我也并不问,我的诗歌
在我死后能不能存在?
假如它们非失败不可,
那就让它们在这战争中失败。

然而这还是一本神圣的书,
我的死了的思想在那里安息,
这是为自由而死去的英雄们——
是那些英雄们的墓地。

1847 年 4 月

我的最美丽的诗

我已经写了许多的诗，
这一些也并不全然白费；
可是那首决定我的名声的
最美丽的诗，我还不曾写。

那最美丽的诗是，当我的祖国
为了复仇，起来向维也纳①反抗，
那时，我就用辉煌的剑锋，
在一百条心里写着：死亡！

1847 年 5 月

---

① 当时的匈牙利人民常常用"维也纳"这字，指奥地利政府的压迫。

我愿意是急流……

我愿意是急流，
山里的小河，
在崎岖的路上，
岩石上经过……
只要我的爱人
是一条小鱼，
在我的浪花中
快乐地游来游去。

我愿意是荒林，
在河流的两岸，
对一阵阵的狂风，
勇敢地作战……
只要我的爱人
是一只小鸟，
在我的稠密的
树枝间做窠，鸣叫。

我愿意是废墟，
在峻峭的山岩上，
这静默的毁灭
并不使我懊丧……
只要我的爱人
是青青的常春藤，
沿着我荒凉的额，
亲密地攀援上升。

我愿意是草屋，
在深深的山谷底，
草屋的顶上
饱受风雨的打击……
只要我的爱人
是可爱的火焰，
在我的炉子里，
愉快地缓缓闪现。

我愿意是云朵，
是灰色的破旗，
在广漠的空中，
懒懒地飘来荡去，

只要我的爱人

是珊瑚似的夕阳,

傍着我苍白的脸,

显出鲜艳的辉煌。

1847 年 6 月 1 日—10 日之间

诗　歌

神圣的诗歌啊,愚蠢的人们
怎么侮辱了你,把你的光荣
踩在脚下,就在他们努力
抬高你的地位的时候。
你的那些不合法的信徒
大声地宣称你是宫殿,
是贵族的、金碧辉煌的宫殿,
只有穿上了烁亮的皮鞋,
这才可能悄悄地进去。
闭口吧,你们,假冒的先知,
闭口吧,你们的话一点不对。
诗歌并不是什么客厅,
只有漂亮的人们才去聊天,
那些社会上最出色的人们;
诗歌还不止这样!它是
对任何人都开着门的房子,
只要是愿意去祷告的人们,

总之:它是教堂,穿破皮鞋的,
甚至于赤脚的,都可以进去。

1847 年 8 月

村子尽头的一家酒店……

村子尽头的一家酒店，
靠近撒莫什河①边，
它清楚地映入水中，
在没有云雾的夜间。

当黑夜降临的时候，
静止了世间的嘈杂，
在一声不响的渡船里，
黑暗也默默地躺下。

酒店却并不静默！
铙钹敲打得很是急促，
青年们喊着、闹着，
声音震动了窗户。

---

① 撒莫什河是匈牙利东北部的蒂萨河左岸的支流。

"嘿,老板娘,宝贵的花!
你快把好酒拿来,
那酒,要比祖父更老,
也要像爱人一样热烈!

我要痛快地跳舞,
嘿,快一点,吉冈尼①!
跳到我没有了钱,
跳到我不能透气!"

可是有人叩着窗户:
"嘿,不要这么高声大叫,
我们主人要我来说,
他已经躺着要睡了。"

"让魔鬼抓了他去,
连你也一起进地狱!……
我情愿脱下衣服抵账,
嘿,奏乐吧,吉冈尼!"

又有人低低叩着:

---

① 吉冈尼是吉卜赛人的匈牙利语名称。

“轻一点儿,我请求你们,
愿上帝给你们祝福,
我的母亲正生着病。”

喝完了最后一杯酒,
静默了,没有回答,
青年们教吉冈尼停下,
他们就各自回家。

1847 年 8 月

《村子尽头的一家酒店》(木刻)

加纳第(Gsanady András)作

荷马与峨相[*]

你们在哪里,海林人和凯尔特人①?

啊,你们已经消灭了,

像是两座大城

没入深深的海水之中,

只有塔尖还在水面显露⋯⋯

两个塔尖:荷马,峨相。

乞食者荷马,王子峨相,

怎样的对照!

可是也有相似的地方:

他们两个都是瞎子。

也许是他们的光荣的辉煌,

他们的灵魂的炽热,

---

*　荷马,古希腊诗人,约当公元前八五〇年,相传是《伊里亚特》和《奥
德赛》两大史诗的作者。峨相,约当公元三世纪时爱尔兰的英雄和
诗人,相传他的诗作系由仙境携来。

①　海林人和凯尔特人是希腊人和爱尔兰人的古称。

夺去了他们的眼光？

伟大的精灵啊！假如他们
迷人地抚着琴弦，
正如上帝的旨意，
他们为我们创造了世界，
惊人的巨大，
又惊人的美丽。——

听啊,听着荷马！
对于他,天空是
安静的欢乐的永远的笑颜,
从那里,清晨的紫色,
日中的金黄的光线,
带着愉快的温柔,
泛满了金波的海面,
海中有青青的岛屿,
你美丽的爱情啊,
岛上的神们和人类一起
同你玩着,欢乐非凡。

现在,看哪,看着峨相,
在北方的大海,永远的雾中,

他在混乱的北方喊出了歌声，
荒野的山岩上，呜呜的狂风，
月儿升起了，
像是落下的太阳，
鲜血一样地绯红，
它的冷光遮掩了森林，
一群群凄惨的幽灵
在森林中行动：
他们是在战场上阵亡的英雄。
在你的歌中，乞食者荷马！
啊，处处是光辉，
啊，处处是花朵！
在你的歌中，王子峨相！
啊，处处是黑暗，
啊，处处是沙漠！——

唱吧，不息地唱吧，
奏着琴，奏着神的琴吧，
荷马，峨相！
几百年，几千年，
过去了；它们的残忍的脚
又踏散了一切，
然而对你们却非常钦敬；

它们呼吸着的都是死的萎黄，

只有你们花白的头上的冠冕永远长青！

1847 年 8 月

秋风在丛树间飒飒地响着……[*]

秋风在丛树间飒飒地响着，
它轻轻地对着树叶低语；
说的是什么？却听不见，
树都摇着头，显得很是忧郁。
从中午到晚上的任何时间，
我安闲地躺在长榻上……
我的妻子正静静地睡着，
她的可爱的头靠着我的胸膛。

我的这一只幸福的手
感到了她的胸口怎样喘息，
又一只手里是我的祈祷书：
一本自由斗争的历史①……
热烈的语句在我心头燃烧，

---

* 本篇写于作者和森德莱·尤丽亚（1823—1866）在科尔托度蜜月的
   时候（他们于一八四七年九月八日结婚）。
① 作者那时最爱念的是《法国革命史》，这里可能指这一本书。

好像是巨大的彗星一样……
我的妻子正静静地睡着,
她的可爱的头靠着我的胸膛。

在暴君的淫威之下的人们,
金钱和皮鞭能驱使他们打仗;
自由呢? 为了她的一个微笑,
她的一切追随者就走上战场,
好像从爱人的手中接受花环,
他们为她接受死亡和创伤……
我的妻子正静静地睡着,
她的可爱的头靠着我的胸膛。

神圣的自由啊,多少光荣人物
抛弃了生命,这有什么意义?
即使现在还没有,将来一定有,
最后的斗争中的胜利必属于你,
你要为你的战死的人们复仇,
你的复仇是又可怖,又辉煌! ……
我的妻子正静静地睡着,
她的可爱的头靠着我的胸膛。

我的面前幻现着未来的时代,

它显出了一片流血的景象，
一切自由的敌人，都在
他们自己的血海中埋葬！……
我的胸已经被闪电撕裂，
我的心像雷轰一样震荡，
我的妻子正静静地睡着，
她的可爱的头靠着我的胸膛。

1847 年 9 月

我的祖国，你还要睡多久呢？

我的祖国，你还要睡多久呢？
雄鸡早已啼了，
它的啼声宣告着
早晨的来到。

我的祖国，你还要睡多久呢？
太阳已经升上，
不触着你的脸吗，
它射来的光芒？

我的祖国，你还要睡多久呢？
麻雀也已经醒了，
它正在你的麦穗堆上，
要把它肚子装饱。

我的祖国，你还要睡多久呢？
猫也已经醒来，

它走来走去，
绕着你的奶罐徘徊。

我的祖国，你还要睡多久呢？
马儿迷了道，
它跑到你的牧场，
吃着你的草料。

我的祖国，你还要睡多久呢？
看！那些给你种葡萄的，
他们不管你的葡萄园，
却在你的葡萄酒窖里。

我的祖国，你还要睡多久呢？
你的邻人在耕地，
他们把你的田
同他们的耕在一起。

我的祖国，你还要睡多久呢？
要到你的房子着火，
要到敲起了警钟，
你才会醒来么？

我的祖国,你还要睡多久呢,
我的美丽的匈牙利?
你睡醒的日子
也许要在来世!

1847 年 10 月

巴多·保罗先生[*]

正如一个着了魔的王子，
在遥远的跨过奥巴兰加^①的那方，
巴多·保罗先生也那么生活着，
孤独地、乖僻地，在他的故乡。
要是有一个年青的妻子，
生活一定会完全两样……
巴多·保罗先生立刻打断道：
"哎呀，我们有的是时光！"

这屋子不久就要坍塌，
墙上的石灰老是向下掉，
风又刮走了一片屋顶，

---

* 由于这首诗，巴多·保罗后来就被用为没落的贵族阶层，懒惰者之
流的典型。

① 奥巴兰加，又称奥巴兰加海洋，是匈牙利民间故事中常常引用的，意
思是遥远的地方，或者是并非现实世界所有而只存在于故事里的地
方。

天知道刮到哪里去了；
得修理一下了,不然的话,
总有一天,天要从屋顶向下望……
巴多·保罗先生立刻打断道:
"哎呀,我们有的是时光!"

花园里一点花也没有,
可是田地里却开满了花,
是罂粟花,各种各样的,
在田地里长着,美丽、繁华。
为什么这许多犁耙尽是搁着?
为什么这许多长工尽在闲逛?
巴多·保罗先生立刻打断道:
"哎呀,我们有的是时光!"

还有那些毛衣、那些裤子,
都不能用了,又破又旧,
如果我们拿来做蚊帐,
也只因为别的法子没有;
我们只要把裁缝请来,
料子是早已准备停当……
巴多·保罗先生立刻打断道,
"哎呀,我们有的是时光!"

他这么寒碜地得过且过；
虽然他的有钱的祖上
留给他一笔很大的遗产，
然而他还是花得精光。
他生来就是个匈牙利人，
如果说那是他错了，未免冤枉，
他的祖国原来有一句古话：
"哎呀，我们有的是时光！"

1847 年 11 月

冬天的晚上

哪里是天上的彩色的虹？
哪里是牧场上五色的花朵？
还有溪水的潺潺，小鸟的歌唱，
春夏的美和宝藏还剩下什么？
都没有了！只有记忆召它们回来，
好像召回苍白的鬼魂。
冬天掠夺了一切，大地成了乞丐，
什么都看不见，除了雪和云。

大地真像是一个年老的乞丐，
背着一条白的有补丁的被子，
冰的补丁，有几处依然破着，
到处看得见他的赤露的身体，
他在严寒中站着，冻僵了……
他的枯瘦的外表显出了穷苦。
这样的风景，外面还能干什么？
屋子里面才有美好的生活。

他要祝福上帝吧,上帝祝福了他,
给了他暖和的屋子和家庭。
多么幸福,这所暖和的屋子,
这暖和的屋子里家庭的欢欣!
现在,一间间茅屋都成了宫殿,
只要有木柴投在火炉中,
一句句好话都听在心里了,
原来也许是只当作耳旁风。

晚上这时间是格外地美好,
如果不知道,你们也许不信。
一家之长坐在大桌子旁边,
跟邻居们、老乡们亲密地谈心,
他们衔着烟斗,面前是瓶子,
瓶子装满了地窖中最陈的酒;
无论怎么喝,再也看不见瓶底,
马上斟满了,到只剩一滴的时候。

好心的主妇殷勤地招待他们,
不要担心,她不会耽误她的工作,
她很明白她自己的责任,
她很清楚她应该怎么做,

她一点不看轻她一家的荣誉，
我们不能非难她吝啬或者懒惰。
她在那里不息地说着：
"请吃吧，老乡，请，老大哥！"

他们谢了她，又喝下一口酒，
如果烟斗灭了，他们再把烟装上，
正像烟气在空中缭绕，
他们的思想也那样地飘荡，
他们一个接着一个地搜索着、
诉说着过去很久了的事件。
离开生活的边境不很远的人们
不喜欢向前望，只愿意向后看。

小桌子边有一个青年和姑娘，
年青的一对，他们并不谈到过去。
生活在他们前面，不在后面；
对于过去，他们何必考虑？
他们的灵魂漫游到未来的边际，
他们梦想地望着有红云的天。
他们偷偷地笑着，什么也不说，
天知道：他们有的是欢娱的时间。

那里,在后面,在火炉的周围,
小娃娃们很热闹地坐在那里,
他们用纸牌造着宝塔……建筑,破坏——
一堆大大小小的孩子在一起……
他们追赶着幸福的现在的蝴蝶,
他们忘了昨天,也不想明天。——
看,小小的地方竟容得了那么多:
过去、未来、现在,在一间屋子里面!

明天是烘面包的日子,有女用人
筛着粉,唱着歌,歌声传进了屋子。
外边院子里,桔槔咭咯地响着,
是车夫给马喝水,今天最后一次。
在欢乐的夜宴上,吉冈尼拉着琴,
远远就听到提琴的丁东的声浪。
在屋子里,这各种各样的声音
造成了安静的、温和的合唱。

下着雪,大街上依然漆黑,
完全笼罩着巨大的稠密的黑暗。
过路的人们是很少很少了,
一个回家去的人,有时可以望见,
他的手提灯在窗户下闪烁,

一会儿黑暗突然把灯光吞没，
手提灯消失了，屋子里面的人们
就急忙猜着：是谁在这里经过？

1848 年 1 月

你在干什么,你在缝什么?

你在干什么,你在缝什么?
你是不是在缝我的衣服?
把破烂的衣服给我也行,
你还是缝一面旗吧,我的爱人!

我预料着,我在预料着,
那究竟是什么,只有天知道,
但只要预料着也就行。
你缝那面旗吧,我的爱人!

这样下去,不会太久长,
不久就可以断定,到底怎样,
一上战场,我们就可以断定,
你缝那面旗吧,我的爱人!

自由是非常宝贵的东西,
要获得它,必须付出代价去,

付出鲜红的血——贵重的黄金；
你缝那面旗吧,我的爱人！

如果是那么美丽的手缝的,
胜利一定要爱上那一面旗,
而且也一定要和它接近；
你缝那面旗吧,我的爱人！

1848 年 1 月

冬天的草原

啊,草原现在真的成了荒原!
因为秋天是庄稼户中的懒汉;
春季以及秋季
所储藏的一切,
这家伙都满不在乎地花掉,
到了冬天,什么宝贝也找不到。

不见了响着忧郁的铃声的羊群,
吹着笛子的牧羊人也无踪无影,
啭鸣着的小鸟
也都一时哑了,
草丛中没有了鹌鹑的喧噪的声音,
连小小的蟋蟀也不弹奏它的提琴。

这地方像冻结了的海洋一般平坦,
太阳像疲倦的鸟儿似地掠过地面,
也许它年纪太老,

眼睛已经花了，

它只得低低地俯下身子，看个仔细……

但它还是找不到什么，在这草原里。

打鱼人和管地人的草棚已经空了；

院子里冷冷清清，牲口在咀嚼草料；

到了黄昏的时光，

它们被赶到牛槽旁，

毛氄氄的忧郁的牛有的哞哞地叫喊，

外面的湖水使它们非常依恋。

一个雇工从屋梁上拿下烟叶，

他就把它放在门槛上剁切，

剁切得短短的；

又从高统皮靴里

拔出烟袋，装了烟，懒洋洋地抽着，

时时扭转头去看牛槽里：有没有草料？

这时候，连酒店里也十分寂寞，

正可以睡觉了——酒店主和他的老婆，

开酒窖的钥匙，

他们也不妨抛弃，

无论谁都不会来找他们的麻烦，

风吹着雪,已经把小路遮掩。

现在的统治者是旋风和狂风,
这一个打着旋儿,在高高的天空,
那一个在下面,
大怒地飞奔向前,
地上的积雪仿佛火石似地闪现,
还有第三者,来参加它们的争战。

傍晚,当它们疲倦了,渐渐安静,
苍白的夜雾就在草原之上降临,
这时候,朦胧地,
有一个侠盗的影子
驰驱着归来,骑着喘气的骏马……
他的背后是狼,他的头顶是乌鸦。

从地球的边缘回头眺望的太阳,
恰似从边境上回望的被逐的国王,
用愤怒的眼光,
它再回头一望,
它的视线一接触对面的地平线,
它就从头上滑下了血染的王冠。

1848 年 1 月

暴风刮着……

暴风刮着,星火燃成了大火,
你们要留意你们的房屋,
也许,一等到太阳下了山,
我们已从头到脚葬在大火中间。

亲爱的祖国,古老的匈牙利民族!
还是勇气在你的灵魂里睡去,
还是已经死了,随着我们的祖先?
你还能不能使用你的宝剑?

匈牙利民族,假如已经轮到了你,
你能不能像以前一样,再来一次?
一个伟大的战士,他只使用眼光,
就杀死更多,较之别人使用刀枪!

以前我们保卫着全世界,

在鞑靼和土耳其的时代①；
现在临到了伟大的事业，
我们难道还能不保卫自己？

匈牙利人的上帝呀，让我们知道，
将近紧急的关头，给我们一个信号：
表示你是依然统治着，在天上，
为了你的人民和你自己的荣光！

1848 年 2 月

---

① 指的是一二四一至一二四二年间蒙古人经过匈牙利去侵略欧洲及十五至十七世纪时土耳其人常常向匈牙利进攻。

民族之歌*

起来,匈牙利人,祖国正在召唤!
时候到了,现在干,或者永远不干!
是做自由人呢,还是做奴隶?
就是这个问题:你们自己选择!——
在匈牙利人的上帝面前,
我们宣誓,
我们宣誓,我们
永不做奴隶!

我们做着奴隶,直到现在这时候,
连我们的祖先也遭受诅咒,
他们原来自由地活着、死去,
当然不能在奴隶的土地上安息。
在匈牙利人的上帝面前,

* 一八四八年三月十三日,维也纳发生革命,奥地利政府被迫罢免了
首相梅特涅,并颁布宪法。本篇即写于维也纳革命这一天,也是作者
未经出版检查而印行的第一篇作品。

我们宣誓，
我们宣誓，我们
永不做奴隶！

谁如果在紧要关头还不肯牺牲，
把自己的这渺小的生命，
看得比他的祖国还要宝贵，
那么他真是太恶劣、太卑鄙。
在匈牙利人的上帝面前，
我们宣誓，
我们宣誓，我们
永不做奴隶！

刀剑是比铁链更为辉煌，
佩带起来呢，也更为像样，
我们却还是佩带着铁链！
来吧，我们的古老的刀剑！
在匈牙利人的上帝面前，
我们宣誓，
我们宣誓，我们
永不做奴隶！

匈牙利这名字一定重新壮丽，

重新恢复它的古代的伟大荣誉；
几世纪来所忍受的污辱羞耻，
我们要把它彻底地清洗！
在匈牙利人的上帝面前，
我们宣誓，
我们宣誓，我们
永不做奴隶！

我们的子孙以后有一天
要向我们叩头，在我们的坟前，
他们要为我们念着祷词，
祝福我们的神圣的名字。
在匈牙利人的上帝面前，
我们宣誓，
我们宣誓，我们
永不做奴隶！

1848 年 3 月 13 日

Nemzeti dal.

Talpra, magyar, hí a' haza!
Itt az idő, most vagy soha!
Rabok legyünk vagy szabadok?
Ez a kérdés, válaszszatok! —
A' magyarok istenére
Esküszünk,
Esküszünk, hogy rabok tovább
Nem leszünk.

Rabok voltunk mostanáig,
Kárhozottak ősapáink,
Kik szabadon éltek haltak,
Szolgaföldben nem nyughatnak.
A' magyarok istenére
Esküszünk,
Esküszünk, hogy rabok tovább
Nem leszünk.

Sehonnai bitang ember,
Ki most, ha kell, halni nem mer,
Kinek drágább rongy élete,
Mint a haza becsülete.
A magyarok istenére
Esküszünk,
Esküszünk, hogy rabok tovább
Nem leszünk.

《民族之歌》最初印成的传单

裴多菲在国民博物馆朗诵《民族之歌》(钢笔画)

(作者不详)

大海汹涌着……*

大海汹涌着，
人民的大海；
它的可怕的力量
惊天动地，
波浪奔腾澎湃。

你们看不看这跳舞？
你们听不听这音乐？
假如你们不知道，
人民是多么欢乐，
现在就可以懂得。

海震动着，海怒吼着，
船在摇摆，

---

* 本篇写于一八四八年三月革命发生之后不多几天，表现了对于革命
的乐观以及对于人民的力量的确信。

它沉到地狱去了，
拖着折断的桅杆、
扯碎的帆。

咆哮吧，洪水，
咆哮到底，
让你的深深的底显现，
把你的狂怒的浪花
一直喷到云朵里；

一个永远的真理，
用浪花写在天空：
虽然船在上面，
水在下面，
然而水仍是主人翁！

1848 年 3 月 27 日—30 日之间

给 国 王 们

我要给你们很稀罕的东西，
国王们，就是真实的、坦白的话，
也不管你们：还是感谢，
还是给讲话的人以惩罚；
有孟卡支①，也有绞架，
可是我心里一点都不害怕……
不论无耻的谄媚者怎么说，
总之是没有亲爱的国王了！

爱情……啊，这美丽的花朵，
早已被你们连根拔掉，
远远地抛弃在大路上；
那走遍全世界、装载着
你们的违背了的誓言的

---

① 孟卡支是匈牙利城市，这里的堡垒原来属于领导匈牙利民族独立运
　　动的拉科治家族，后来奥地利皇帝却将它作为监狱，许多匈牙利爱
　　国者都关在里面。

大车的轮子又将它轧烂了……
不论无耻的谄媚者怎么说，
总之是没有亲爱的国王了！

人民只得忍受着你们，
恰似忍受着必然的灾难，
但是并不爱你们……在天上，
已经把你们的日子结算。
你们快要听到全世界的法官——
上帝的最伟大的审判……
不论无耻的谄媚者怎么说，
总之是没有亲爱的国王了！

我要不要把全世界鼓动起来，
鼓动他们起来向你们反抗，
要他们千百万人向你们进攻，
用了愤怒的参孙①的力量？
我要不要敲起你们的丧钟，
让你们发抖，一听到它的声浪？
不论无耻的谄媚者怎么说，

---

① 参孙是以色列的士师，有非常的神力。见《旧约·士师记》第十四至十六章。

总之是没有亲爱的国王了!

我不鼓动他们,这并没有必要;
我何必把果树用大力摇着,
假如那树上的一切果实
已经熟了,而且开始烂了?
假如树上的果实已经成熟,
它自己就会从树上往下掉……
不论无耻的谄媚者怎么说,
总之是没有亲爱的国王了!

1848 年 3 月 27 日—30 日之间

又在说了,而且单是说……

又在说了,而且单是说,
手休息着,舌头在跳动;
他们宁愿匈牙利当长舌妇,
不愿它当英雄。

我们的光荣的刀剑!
刚刚做成,却已经上了锈。
你们就可以看到:
以后一切都要向老路走。

我站着,像一匹骏马,
已经备好了马鞍,
它喘着气,跺着脚,等候着,
屋内的主人却还在长谈。

在建功立业的战场上,
我会不会星星似地陨去?

不灵活的懒懒的手臂
会不会将我勒死?

如果只我一人,那就无妨,
一个人不等于全世界,
可是,有千千万万
都激动地咬着马嚼①。

青年们,我的朋友们!
捆住了翅膀的老鹰,
我看到你们,——心冻结了,
头脑却冒着火星!……

起来,起来,祖国,赶快前进!
难道你想半途而废?
锁链只是有一点松了,
却还不曾将它打碎!

1848 年 4 月

---

① 这是以马的咬着马嚼,引申为人的空谈。

我的故乡

在这美丽的平原上，
有我的可爱的故乡，
这城市是我的生长之地，
我保姆的歌还在荡漾，
我又听到那儿歌的声浪：
"金龟子，黄黄的金龟子！"①

离开的时候还是孩子，
回来的时候已是成人。
啊，过去了整整二十年，
二十年中的痛苦、欢欣……
二十年……飞快的光阴！
"金龟子，黄黄的金龟子！"

老伙伴们，你们在哪里？

_____

① 这一行原是一首古老的匈牙利歌曲的第一行。

来吧，来坐在我的身旁，

让我至少看到你们一个，

让我忘记：我已经成长，

有二十五岁压在我肩上……

"金龟子，黄黄的金龟子！"

像是树枝间可爱的小鸟，

到处飞翔着我的想象，

它又像是采花的蜜蜂，

采集了过去的一切欢畅；

这处处引人留恋的地方……

"金龟子，黄黄的金龟子！"

我吹着柳木的口笛，

我又小孩子似地玩耍，

我的竹马热情地跳着，

它渴了，我在井边停下，

它喝着，跳呀，勇敢的贝加①……

"金龟子，黄黄的金龟子！"

听，晚钟的声音响了，

---

① "贝加"是竹马的名字。这原是一般的马的名字，意思是"侠盗"。

我疲倦地赶马前行，
到了家里，保姆抱住了我，
又唱着催眠的歌声，
我在朦胧的瞌睡中倾听……
"金龟子，黄黄的金龟子！"

1848 年 6 月 6 日—8 日之间

匈牙利人民

匈牙利人民解放了,终于解放了,
他们以前却带上了脚镣手铐,
他们伛偻着身子,受着奴役,
他们不像是人,却像是牲畜。

匈牙利人民解放了,他们抬起了头,
也可以任意活动了,他们的手;
以前,铁链锁住了他们的手腕,
现在他们紧握着用这铁铸成的刀剑。

匈牙利人民解放了……你们却完了,德国人!
你们再也不能愚弄这国家的人民,
你们不能水蛭似地吸他们的血,
上帝在惩罚你们了,为了你们的罪孽。

斯洛伐克人、德国人难道还是这里的主子①?

---

① 当时住在匈牙利的斯洛伐克、德意志等少数民族,受了奥地利的煽动,反对匈牙利革命,支持奥地利的反动势力。

有多少勇敢的匈牙利人流血在这里？
匈牙利人的血把这光荣的祖国兴建，
匈牙利人的血保卫了它一千年！

只有匈牙利人才是主人，在这地方，
如果有谁要骑在我们的头上，
那么我们就骑在他们的头上，
用我们的马刺刺进他们的心脏！

小心，匈牙利人，小心，夜里也要警醒，
谁知道什么时候来了攻击你的敌人？
如果来了，就让他看到什么都已准备，
连垂死的人也不要留在床上安睡！

祖国和自由，就是这两个词儿，
婴儿就要首先向他的保姆学习
成年人如果在战场上遇到了死亡，
也要喊着这两个词儿，在最后的时光。

1848 年 6 月

献给国家代表会议*

你们站在大厅的台阶上，
大厅里就将决定国家的命运，
站一会儿，且不要进去，
你们先听一下我的警告……
讲话的是一人，但代表着千百万人！

那个祖国，我们的祖先
流了汗，流了血获得的
那个祖国已不存在，只有它的名字
在我们中间踯躅，像夜半
从坟墓里归来的幽灵……
那个祖国已不存在，旧时代的蛀虫
把它的墙脚咬成了碎末，
新的暴风雨又掀掉了顶棚，
它的居民只能像野兽，像鸟儿

---

* 因为一八四八年三月十五日发动的资产阶级革命的初步成就，六月
间全国就开始进行普选。由人民选派的代表于七月初举行第一次
的国家代表会议。本篇是作者为了庆祝这一次会议而写的。

一样地在露天下住宿。
我们的祖先一千年来干过的，
你们也应该来干一下：
以任何力量，以任何贡献，
哪怕是牺牲到最后一人，
你们也应该建立一个祖国！
一个比旧的更美丽、更长久的
新的祖国，你们应该建立起来，
一个新的祖国，那里不应该有
那骄傲的特权的壁垒，
以及黑暗的窟窿和蝙蝠窠，
一个新的祖国，那里到处都是
阳光和清新的空气，
人人都能睁开眼睛，一天好过一天。
我不是说：要把老屋的
一切基石都拿来抛掉，
但是作为基础的石头，
你们要一块块仔细考量，
不结实的，就得毫不吝惜地丢弃，
不管它与什么神圣的纪念有关，
因为基础不巩固，屋子就要遭殃。
你们的努力也都白费，
说不定有一天屋子就要坍塌，
而那随随便便盖一所新屋的人，
到那时候也就会破产。

是不是人人都考虑了，
你们献身的是一件什么工作？
你们从这里获得的光荣，
将是多么盛大，你们是否知道，
而那工作又将是多么艰巨！
谁如果不是被对祖国的热爱
和光明磊落的希望领到这里，
谁如果是被虚荣和自私诱到这里，
那么他的亵渎的脚
就不配踏这神圣的台阶，
因为他如果走了进去，再从里面出来，
伴送他的就只有咒诅和耻辱，
伴送他回去，一直同他进入坟墓。——
你们，要是在你们心里，
偶像还不曾排挤掉真神，
在你们心里，爱国主义
像庙里的神灯照耀着，
你们就进去吧，工作吧，
但愿你们的工作那么伟大、幸运，
吸引了全世界的眼光，
都向你们的工作注视，
说道：大厅里的人们都得到幸福，
它的建筑者应该受到崇拜！

1848 年 7 月 4 日

共 和 国

共和国,你自由的孩子,
自由的母亲,世界的恩人,
你像拉科治①一家的流亡者,
我先远远地向你欢迎!

我崇拜着你,当你还在远方,
当你的名字还被人咒诅;
只有愿意把你钉上十字架的,
才是这时最受尊重的人物。

我在这时崇拜你、欢迎你,
到了那时,你有许多忠心的人们,
你就从你的高高的地位
凯旋地俯视着地下血污的敌人。

---

① 拉科治是在匈牙利历史上的一个大贵族家族,十七、十八世纪时领
  导匈牙利人民反抗奥地利的民族独立斗争;斗争失败后,被迫流亡
  国外。

光荣的共和国，你一定胜利，
虽然天和地给你造成了障碍，
你却像是新的，神圣的拿破仑，
一定要占领这广大的世界。

假如你的闪耀着爱情的圣光的
美丽而温柔的眼睛不能使人改变；
那么你的有力的手一定能改变他，
那手拿着闪耀着死亡的危险的剑。

你一定胜利，为了纪念，
凯旋门就要为你而建立，
或者在开着花的草地上，
或者在流着血的红海里！

我只想知道，我能不能参加
胜利的辉煌华美的欢宴？
或者是，死神已经带走了我，
在深深的坟墓里守着，到了那一天？

假如到了那伟大的节日，
我不再活着，那么纪念我，朋友们……
我是共和国人，即使在地下，
在棺材里，我还是共和国人！

到我这里来吧，到我的坟头，
高声地喊着共和国万岁，
我一定听见，和平也一定降临，
傍着这痛苦的，被迫害的心的尸灰。

1848 年 8 月

给 民 族

让那警钟的声音响着！
也要给我绳子一条！
我发抖了，并不是由于恐怖；
是痛苦和愤怒在心头喊叫！

痛苦——因为我看见新的暴风雨
正向我的毁灭的祖国逼近；
愤怒——因为我们一动不动，
我们仍旧睡着，睡着不醒。

这民族只醒了一会儿，
看一看这乱轰轰的世界；
于是，它又转过身去，
现在它仍旧在酣睡。

醒吧，醒吧，受咒诅的民族！
你本来可以站在最前进的一边，
可是为了你的该死的惰性，
你就落伍了，一直呆在后面！

醒吧,我的祖国,如果这时不醒,
那么你就再也不能醒来,
即使醒了,你也刚来得及
把你的名字写上墓碑!

起来,我的祖国! 伟大的一小时,
可以补偿一世纪的缺陷,
我们要在成千成万的旗子上
写着"成败就在此一战!"

我们长久过着偷安的生活,
这是我们的,又不是我们的国家①;
现在,我们终于要表示一下了,
是我们的事,谁也不配干涉它。

让他们将我们在世界上消灭,
如果我们的灭亡已经命定! ……
我并不否认,我害怕死,
但我害怕的是死得不光荣。

不让我们活,就让我们死,
我们要死得美丽,死得勇敢,

---

① 由于奥地利长久夺去了匈牙利的独立,所以作者这样说。

连那些消灭我们的人们
也要为了我们而悲叹！

让我们每一个人，让我们
都像是兹利尼①的子孙，
每一个人战斗着，也都像是
他的祖国只靠着他一人！

如果这样，我们就永不失败，
等待着我们的是生活和荣誉，
我们也会永远地占有
我们一直向往着的东西。

起来，我的民族，匈牙利人！
快快地一起走上战场去，
你要像电火一样急骤，
猛烈地向你的敌人攻击。

你不要问，你的敌人在哪里？
不管你到哪里，哪里都有敌人，
而且最大、最危险的敌人正是
那兄弟一般拥抱着你的人们。

---

① 兹利尼是匈牙利英雄，他与军队数目占极大优势的土耳其人作战，
在战壕上牺牲。

最大的敌人是在我们中间：
是那卑鄙的、反叛的弟兄们！
恰如一滴毒药损害一杯酒，
他们的一个就破坏几百个人。

处他们死刑，处死他们！
不管屠夫要打击几千万次，
不管在大街上喷涌着的血
要从窗户一直流进屋子！

我们外面的敌人很容易对付，
只要先把内部的叛徒灭尽……
放开七弦琴……我跑到钟楼去，
我要敲响那报警的钟声！

1848 年 8 月

你们为什么歌唱,好诗人?

"你们为什么歌唱,好诗人,
这样的时候,为什么还要歌唱?
世界决不会倾听着你们了,
歌声已经在战争的喧哗中埋葬。

好孩子,放开你们的诗琴吧!
还中什么用呢,这音乐的铿锵?
你们知道,像在雷声中的
云雀的啭鸣,它一定消亡。"

也许是吧。然而鸟儿却不问
有人听见了没有,在地上?
为了自己和为了它的上帝,
云雀啭鸣着,在高高的穹苍。

歌声也从我们的心头飞去。
只要它感到了悲哀或是欢畅,
歌儿飞着,像是离开了枝头的
玫瑰花的花瓣,在风中飘荡。

唱着,弟兄们,高声地唱着,
唱得比我们以前的声音更响,
把这纯洁的、天上的和音,
混杂了地上的乱轰轰的吵嚷!

半个世界毁了……这荒漠的大地
使我们的眼睛、心都感到哀伤!
且让歌声、灵魂,像常春藤似地
满满遮住了这赤裸的荒凉。

1848 年 9 月

老 旗 手

懦夫叶拉乞支①向着维也纳飞跑，
我们的军队在他后面追着，
他很怕匈牙利军队，只得逃走；
匈牙利军队里有一个老旗手。

这老旗手是怎样的人，
他竟有那么多的热情？
我的骄傲的眼光注视着他，
这位老头子正是我的爸爸！

这位老头子正是我的爸爸。
"祖国很危险了！"这伟大的话
到了他的耳边，到了他的床上，
他就拿起旗子，不拿他的拐杖。

他的肩头担负着困苦的一生，

---

① 叶拉乞支是奥地利皇帝于一八四八年九月间派来镇压匈牙利革命
的一位将军，但不久就被匈牙利国防军打败了。

还有五十八岁的忧愁和疾病，
他却忘记了一切痛苦、忧愁，
跟青年们一起，成了他们的战友，

他的两条腿，就在昨天，
几乎还不能从桌前走到床边，
今天，他却尽力赶走了敌人，
他又恢复了他以前的青春。

他为什么卷入战争的漩涡？
他没有什么需要保护，
什么财物，他一点也没有，
不必怕敌人把他的钱抢走。

连一小块的葬身之地，
他也说不上属于他自己，
然而他在祖国的保卫者前面，
依然举起他的旗子，向着高天。

他战斗着，正因为他一无所有；
有钱的人不为祖国而战斗，
他们只为保护自己的财物……
只有没有钱的人才爱祖国。

我的亲爱的爸爸，你知道，

《老旗手》（木刻）　加纳第（Gsanady Audrás）作

你一向是因为我而骄傲；
现在，却有决定的变化了，
那是我，因为你而骄傲。

你值得带上光荣的桂冠！
我只渴望着见你一面，
我一定高兴得禁不住颤抖，
吻着那高举神圣的旗子的手。

假如我再也不能见你，
我一定看到你的辉煌的荣誉；
我的眼泪是露水，洒在你坟上，
你的荣誉是晒干露水的太阳！

　　　　　　1848 年 10 月 17 日–22 日之间

一 八 四 八 *

一八四八,你这星哪,
你正是人民的晨星!……
黎明了,大地醒来了,
漫长的夜在黎明前飞奔。
黎明已经到来,
脸儿闪着光辉,
闪着愤激的光辉的红脸
向世界射着忧郁的光线;
在惊醒的民族的眼睛里,
这红的是:鲜血、愤怒、羞耻。

奴隶的夜是我们的羞耻,
暴君哪,我们的愤怒指着你,
代替那早晨的祷告,
我们把鲜血献给上帝。
当睡着的时辰,

---

* 一八四八年是欧洲革命的一年,在欧洲的各个国家,都先后爆发了
革命,向压迫者和封建势力进行斗争。

我们的心
被他们阴险地敲击，
只想将我们的生命消灭，
可是人民的鲜血还很足够
去呼唤上帝的复仇。

大海惊奇得静止了，
大海静止，大地却在震荡，
干燥的波浪汹涌着，
可怕的栅栏也腾空而上。
船儿在簸动……
它的船篷
满是破洞，满是泥泞，
象征着那舵手的心，
他站着，无助而且疯狂，
褴褛的紫色天鹅绒裹在身上。

广大的世界是战场。有多少手臂，
就有多少武器和战士。
在我脚下的是什么？……啊，
是碎了的王冠、断了的链子。
都扔到火里去！……
这也不合适，
我们把它们放在博物馆里，
而且注明了它们的名字，

要不然,我们的后代
就不知道它们是什么。

伟大的日子!《圣经》的预言实现:
只有一群,只有一个牧师①。
地球上也只有一个宗教:自由!
信仰异教的,就得严厉地惩治。
以前的圣者
一齐倒坏,
就用那毁了的石头雕像,
建筑崭新的、光荣的教堂,
青天将是我们的屋顶,
太阳也将是神坛上的明灯!

1848 年 10 月末至 11 月 16 日之间

---

① 见《新约·约翰福音》第十章第十六节,原文是:"我必须领他们来,
他们也要听我的声音;并且要合成一群,归一个牧人了。"

又是秋天了……

又是秋天了,它又像
往常一样,使我喜欢。
上帝才知道,我为什么爱?
可是我爱着秋天。

我在小山上坐着,
我向四下里眺望,
我又静静地听着
落叶的沙沙的声响。

太阳微笑地向大地注视,
发出温和的光辉,
正如亲爱的母亲
望着她的孩子安睡。

真的,大地并没有死去,
它只是在秋天睡眠;
是瞌睡,不是疾病,
显露于它的两眼之间。

它静静地将衣裳褪下，
又收起了美丽的衣裳；
它要换上它的新装，
到春天升起了朝阳。

睡吧，美丽的自然，
睡吧，一直到黎明，
在最甜蜜的梦境，
幸福充满了你的心。

我轻轻地用指尖
将我的琵琶弹奏，
它使你感到安慰，
那歌声的美妙、温柔。——

我的爱，你且坐下，
静静地在我身边，
听着这歌儿飘去，
像微风掠过湖面。

你吻着我，默默地，

将嘴唇贴上嘴唇，
我们不惊醒自然，
当它酣睡的时辰。

1848 年 11 月 17 日—30 日之间

这是我的箭，要向哪里射？

这是我的箭，要向哪里射？
在我前面是王的宝座，
我就对它的天鹅绒射去，
它痛得喷射着灰土。
万岁，
万岁，共和国！

王冠是太贵重了，
对于王并不合适；
对于一只驴子，怎么
能配天鹅绒的鞍子？
万岁，
万岁，共和国！

他的天鹅绒的红外套，
拿到这里来，拿给我们，

把它改做遮盖马的毯子，
那才是十分地相称。
万岁，
万岁,共和国！

让我们马上抢过来
他手中的黄金的王笏；
再给他铁锹和锄头，
叫他掘自己的坟墓！
万岁，
万岁,共和国！

这一次我只说这一点：
我们做了太久的傻子，
现在,我们应该聪明起来，
我们要爬到王的头上去！
万岁，
万岁,共和国！

                              1848 年 12 月

把国王吊死!

刺死了朗伯格①,勒死了拉多尔②,

还有别的也要随着这么死去,

人民哪,这才显出了伟大的力量!

这些你们都干得很好,很对,

可是,你们还可以干得更多些——

把国王吊死,把国王吊死!

我们可以用镰刀割掉一切野草,

可是今天割掉了,明天它又长起。

我们可以任意把树枝折下,

可是时候到了,它又抽出新枝;

所以你们必须把它连根拔掉——

---

① 朗伯格是一八四八年九月间由维也纳反动派派到佩斯来的官吏,他的使命是来镇压革命的发展。一八四八年八月二十八日,革命人民把他从车子上赶下,杀死了他。

② 拉多尔是反动的奥地利陆军部长,他于一八四八年十月六日被在维也纳的革命者所杀,他的尸体陈列在陆军部大门前面的街灯上。

把国王吊死,把国王吊死!

世界啊,你难道还不曾懂得
用正义的憎恨向国王袭击?
啊,我那疯狂般的憎恨啊,
我但愿能够向你们倾泻,
它尽在我的心头奔腾澎湃! ——
把国王吊死,把国王吊死!

从他一出生到这世界上,
他的心就充满欺诈和恶意,
他的一生都是罪恶和耻辱,
他的恶毒的眼睛玷污了空气。
他的腐朽的血脉伤害着大地——
把国王吊死,把国王吊死!

祖国到处是凄惨的战场,
暴露着死亡遗下的可怕的尸体,
战火烧毁了城市,烧毁了村庄,
空气中弥漫着千万人的哭泣,
这一切都由于有了国王——
把国王吊死,把国王吊死!

英雄们！如果你们不把王冠打碎，
那么你们流了的血都是白费。
那些怪物又要重新抬头，

一切灾祸又要重新开始。
难道这么重大的牺牲就此算了？——
把国王吊死，把国王吊死！

友谊和恩惠可以给任何人，
对于国王，却永远不能给！
如果除了我，没有别的人了，
由我来当刽子手，我也愿意，
我就扔下我的琴和佩剑——
把国王吊死，把国王吊死！

1848 年 12 月

败仗，可耻的逃亡！*

败仗，可耻的逃亡！无论到哪里，

我只看见败仗，可耻的逃亡。

就像把石头掷到泥地里，

溅起了污秽的泥浆，

我的祖国，你的脸也同样地

溅上了从战地来的耻辱，

大家愈过愈失去了信心，

想着你再也摆脱不掉你的束缚。

有谁看见过我曾经失望？

有谁说过我很胆小？

但现在，那忧愁的思虑却有时候

从遥远的神秘的未来向我来了，

---

* 匈牙利民族独立斗争开始时，由于军队没有很好地组织起来，在战场上就遭到了一些损失，这使得一部分人对于自由斗争的前途不免失望。但作者却写了这首诗，仍然以坚不可摧的乐观主义的精神鼓舞人民，要他们尽一切力量为最后胜利而奋斗。不久以后，这斗争就进入了光荣的阶段。

它们来了，好像黑夜里的蝙蝠，

时时发出刺耳的声音，

我的呼吸几乎要中断了，

我的心骤然地觉得发冷。

我的祖国，我的祖国，匈牙利，

难道你只是受咒诅的土地？

是谁，是谁咒诅了你？

自由在你的土地里，

却只像是一个流浪者，

它一会儿向你逃来，

但到了之后，它又走了，

他们残忍地将它赶开！

三百年来，我们起来了多少次，

我们英勇地要扭断那枷锁！

但我们的剑每次都掉在血河中——

从我们的被刺的胸膛涌出来的血河，

当我们晕倒在地上的时光，

我们的暴君在我们上面笑着发狂。

现在，我们又站起了……

难道我们这时候的站起，

只为了再一次的倒下?

不! 我们要胜利,不然就是死!

我的祖国,战争吧,

不是死,就是胜利!

起来,起来,你不能只爱丑恶的生活,

而不爱光荣的死亡,

你不能不愿躺在坟墓里,

而只愿躺在泥沼上……

谁愿意英勇地死亡,

谁就获得了胜利。

成千成万的人们,出发吧,

从被奴役的埃及,

到自由的迦南去,

像那里的人民跟着摩西!

他们有一个上帝,我们也有,

他要火柱似地将我们领带,①

我们的敌人流着的血,

将是我们经过的红海!

1848 年 12 月

---

① 参看本书《致十九世纪的诗人》注。

写 于 除 夕

年哪,你的行程已经完了,
去吧,不要觉得寂寞,孤零,
那边的世界沉没于黑夜,
你需要一盏小小的明灯:
你就听着我的歌声。

老旧的琴哪!我抱住你,
我就拨动着你的琴弦:
由于我,你表现了自己。
你歌唱过许多。我要再弹,
你能不能再歌唱一遍?

假如你也曾知道狂欢,
狂欢吧,用了你的歌唱;
保持你的以往的光荣,
更庄严了,有你的声浪

在这庄严的时间荡漾。

谁知道呢？这一个歌
也许唱的是最后的声音；
如果我现在将你放下，
再拿起来，也许永远不能，
完了，你的声音，你的生命。

战争之神征募着我，
我去了，加入他的一团；
歌声就要默默地停下，
如果我写，我得用刀尖
写我的歌了，在这一年。

唱吧，琴哪，唱吧，亲爱的，
说吧，用尽你的力量，
说着光明，也说着黑暗，
说着温柔，也说着刚强，
也说着悲哀和欢畅。

像一阵狂风，愤怒地
将古老的槲树一气吹断，

像一阵和风,静静地、
甜蜜地微笑着安眠。
抚慰大地的花朵,在春天。

像是一面明澈的镜子,
映出了我的整个的人生,
还有两朵最美丽的鲜花:
不息地逝去的青春,
永没有终结的爱情。

倾下吧,琴哪,倾下一切,
倾尽一切你的隐藏……
向着高天,也向着大地,
正当这逝去的时光,
太阳也倾下了一切辉煌。

勇猛地唱吧,琴哪,像是
唱出了最后的歌音;
它的玎玲声永不死去!
让世纪也响应它的回声,
回旋于时代的高山之顶。

1848 年 12 月

欧洲平静了,又平静了……*

欧洲平静了,又平静了,
它的革命已经过去……
真可耻,它又平静了,
它不再将自由争取。

那些卑劣胆小的民族,
他们单单把匈牙利抛在一边;
他们的手上都是银铐的铁链,
匈牙利人手上却是铿锵的刀剑。

难道为了这样就要绝望,
为了这样就要伤心?
不,祖国呀,这一件事
反而给与我们热情。

---

* 一八四八年在柏林、维也纳、巴黎等地发生的革命,到了写作本篇的
这时,都已经失败了,只有匈牙利人却依然尽力为自由而战斗着。
马克思对于这一次英勇的战争,曾经表示过很大的赞许。

我们的灵魂受到了鼓舞，
因为我们就是灯光，
当别人都睡觉了的时候，
它在黑夜里放射着光芒。

假如我们的光明
不能照彻无边的黑夜，
那么，上天就以为是
这世界已经被消灭。

看我们吧，看我们吧，自由啊！
认一认你自己的人民：
我们给了你我们的血，
在别人连眼泪也不敢给的时辰。

就是这，难道还不值得你的
祝福，难道还不值得？
在这不忠实的时代，我们是
你最后的唯一忠实的拥护者！

1849 年 1 月

作　战

愤怒遮遍了大地，
愤怒布满了天空！
太阳的光线照着，
在鲜红的血河中！
太阳沉下于大海，
紫色的波浪重重！
前进，战士们，
前进，匈牙利人！

苍白的太阳望着，
透过了黑的云朵，
惊心动魄的武器
在烟雾之中闪烁，
黑黝黝地弥漫着
烟云阵阵的炮火，
前进，战士们，
前进，匈牙利人！

死亡分散于四方，
劈啪的枪声连连，
大炮雷一样轰着，
它震动了这世间；
处处是荒凉破灭，
在大地又在高天！
前进，战士们，
前进，匈牙利人！

奋勇作战的狂热
在我的心头腾沸，
我沉醉地吸入了
烟熏血污的气味，
我向着死亡前进，
率领着我的军队！
跟着我，战士们，
跟着我，匈牙利人！

1849 年 3 月 2 日—3 日之间

我又听到了云雀唱着

我又听到了云雀唱着。
我已经全然将它忘记。
唱吧,你春天的使者!
唱吧,亲爱的,这使我欢喜!

上帝! 这多么感动了我,
作战之后,这甜蜜的歌唱。
啊,正如清冷的流水,
洗濯着焦灼的创伤。

唱吧,啭鸣吧,亲爱的小鸟!
使我记起来了,这声音,
我不仅是杀人的工具,兵,
我也是一个人,一个诗人。

你的歌声使我记起了,
记起了爱,记起了诗,

也记起这两位女神的祝福，
在过去、在未来的日子。

记忆、希望，这两株玫瑰树
又因了你的颤音开放，
它们垂下美丽的枝条，
靠着我的沉醉的心房。

我梦着，这幻想的安慰，
这么狂欢又这么甜蜜……
我梦着你，真心的小天使，
我热烈地、忠诚地爱你。

我心头的天国的幸福，
你，上帝将你给了我，
为了说明：天国不在天上，
在地下，这里正是天国。

唱吧，小鸟！你甜美的声音
也使花朵开放了；你看，
我的心原来是怎样的沙漠，
而现在——却成了花园。

1849 年 3 月 8 日

爱尔德利的军队*

老贝谟①是身经百战的自由战士，
我们怕什么？他带我们走向战场！
奥斯德罗林卡②的惨淡的落日
对我们闪耀着复仇的红光。

那就是他，我们的白发领袖；
他的白须像白旗一样飘动；
这就是我们的战斗

---

* 爱尔德利是匈牙利文的特兰西瓦尼亚，现属罗马尼亚。爱尔德利的
军队由贝谟将军统率，匈牙利兵士们非常敬爱这位年老的军人，称
之为"小父亲"。

① 贝谟(1795—1850)是波兰军人，一八三〇至一八三一年波兰独立战
争中的领导人之一。一八四八年他为了保卫维也纳与奥地利军队
作战，失败后又到匈牙利，担当爱尔德利这方面的战事，至一八四九
年七月三十一日在瑟格斯伐尔大败时为止。(当时俄皇尼古拉一世
派了十余万大军侵入匈牙利，援助奥地利，在贝谟将军部下服务的
裴多菲即死于此役。)

② 奥斯德罗林卡是波兰地名，在华沙之北。一八三一年五月二十六日
贝谟将军与俄军作战于此，展现了他卓越的军事天才。

以后的和平的象征。

那就是他,我们的老领袖,
跟着他的是我们,祖国的青年们,
大海的奔腾澎湃的浪头
也这样跟着暴风雨前进。

波兰和匈牙利,两个伟大的民族,
两个民族在我们之间团结一致;
如果向着共同的目标前去,
还有什么命运能将他们阻止?

我们共同的目标完全一样:
摔掉我们共同戴着的镣铐,
祖国啊! 凭你的深的、红的创伤,
我们宣誓:我们一定要把它摔掉!

听见了吧,你戴着王冠的盗寇!
来吧,让你的雇佣兵向我们开仗,
我们就要用他们的尸首
给你造成到地狱去的桥梁。

老贝谟是身经百战的自由战士,

贝谟像　裴多菲作

我们怕什么？他带我们走向战场！
奥斯德罗林卡的惨淡的落日
对我们闪耀着复仇的红光！

1849 年 3 月 26 日—27 日之间